ALFAGUARA

El barco de los niños
Primera edición: febrero de 2015

D. R. © 2014, Mario Vargas Llosa, texto

D. R. © 2014, Zuzanna Celej, ilustraciones

D. R. © 2014, derechos mundiales de edición en lengua castellana:
Santillana Ediciones Generales, S. A. de C. V., una empresa
de Penguin Random House Grupo Editorial, S. A. de C. V.
Blvd. Miguel de Cervantes Saavedra 301, piso 1
col. Granada, del. Miguel Hidalgo
C. P. 11520, México, D. F.

www.megustaleer.com.mx

Comentarios sobre la edición y el contenido de este libro a:
megustaleer@penguinrandomhouse.com

ISBN: 978-607-11-3559-9

Impreso en México / *Printed in Mexico*

EL BARCO DE LOS NIÑOS

Mario Vargas Llosa

ILUSTRACIONES DE ZUZANNA CELEJ

«Llenaban la ruta como un enjambre de abejas blancas. No sé de dónde venían. Eran peregrinos pequeñísimos. Llevaban bordones de avellano y de abedul. Traían la cruz al hombro; y todas esas cruces eran de varios colores. Hasta las he visto verdes, que debían de estar hechas de hojas cosidas. Son niños salvajes e ignorantes. Vagan hacia no sé dónde. Tienen fe en Jerusalén. Piensan que Jerusalén está lejos, y Nuestro Señor debe de estar más cerca de nosotros. No llegarán a Jerusalén. Pero Jerusalén llegará a ellos. Como a mí. El fin de todas las cosas santas está en la alegría.»

Marcel Schwob, *La cruzada de los niños*

1

Érase un viejecillo que
cada mañana muy
temprano, sentado en
una banca de un pequeño
parque de Barranco,
contemplaba el mar.

Fonchito lo divisaba desde su casa, mientras se alistaba para ir al colegio. Aquel viejecillo lo intrigaba: ¿qué hacía allí, solo, a estas horas, todos los días? Y sentía por él un poco de pena.

Un día, sin poder aguantar más la curiosidad, apenas se levantó y, antes de que pasara el ómnibus del colegio a recogerlo, salió de su casa y fue al parquecito. Se sentó en la misma banca que el anciano y, luego de un momento de vacilación, tomando fuerza murmuró: «Buenos días».

Aquél se volvió a mirarlo. Fonchito advirtió que en la cara llena de arrugas del anciano destellaban unos ojos vivos y todavía jóvenes. Unos ojos tan intensos que parecían haber visto todas las maravillas que hay en el mundo. Sus cabellos eran muy blancos, al igual que sus cejas, y su tez, rasurada con esmero, lucía muy pálida, casi translúcida. Se lo notaba muy frágil; su extremada delgadez le daba un aspecto casi aéreo. Vestía con modestia pero gran corrección, un traje gris, un suéter azul, una corbatita oscura con un nudo pequeñito y unos zapatos negros algo ajados por el tiempo que parecían recién lustrados. Tenía

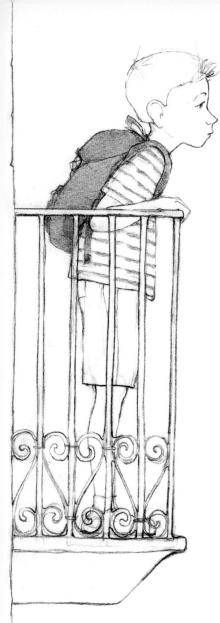

la expresión tranquila y profunda de las personas que saben muchas cosas.

—Hola, jovencito —lo saludó el viejecillo con una voz tan suave que se hubiera dicho el trino de un pajarillo.

—Yo vivo allá —señaló Fonchito el edificio de su casa—. Y lo veo a usted todas las mañanas mientras espero el ómnibus de mi colegio.

El anciano asintió, sonriendo:

—Apuesto que te gustaría saber qué hago aquí todas las mañanas y por qué miro el mar con tanta insistencia. ¿No es así?

Fonchito asintió, moviendo la cabeza varias veces.

—Vengo a ver si aparece el barco de los niños —dijo el señor, señalando el mar con una mano larga y delgadita, en la que se transparentaban unas venas azules.

Fonchito miró pero en el mar no había barco alguno. Sólo la espuma de algunos tumbos mansos y un par de gaviotas blancas sobrevolando la superficie gris verdosa del agua. Era una mañana plomiza, sin sol, de cielo encapotado de nubes blancas y grisáceas.

—No veo ningún barco, señor —se atrevió a decir.

—Tú no lo ves porque no ha aparecido esta mañana, pero, si apareciera, probablemente tampoco lo verías. Yo, en cambio, lo veo como te estoy viendo a ti —afirmó el viejecillo sonriendo—. Porque no todas las personas merecen verlo. Cuando lo ves, es como si recibieras un premio por algo que has hecho. Un gran sacrificio, por ejemplo.

Fonchito volvió a mirar el mar. No, no había ningún barco, sólo un pequeño botecito de pescadores, meciéndose a lo lejos, en la dirección de las islas. ¿Estaría tomándole el pelo este señor? ¿O era tal vez uno de esos viejecitos decrépitos que ya no saben dónde están ni lo que dicen?

—Si quieres, te puedo contar la historia de ese barco —le oyó decir al anciano—. ¿Te gustaría?

—Claro que me gustaría —respondió Fonchito—. Pero, no tengo mucho tiempo, señor. Sólo hasta que llegue el ómnibus de mi colegio.

—Muy bien, entonces; hoy te contaré el principio; si mi cuento no te aburre, podemos seguir mañana —el anciano hizo una pausa y, antes de continuar, cerró los ojos como para remontarse en el tiempo hasta la época en que sucedió aquello que iba a contar—. Es una historia muy antigua. Comenzó en el siglo XII, figúrate. Hace nada menos que nueve siglos, allá en Europa. En esa época, la religión tenía una importancia tan grande que, sin exageración, se podría decir que ocupaba la vida entera de los seres humanos. Hombres y mujeres vivían pendientes de Dios, del Diablo, del pecado y de la muerte. Misas, retiros, procesiones y rezos ocupaban buena parte de sus días. La preocupación mayor de todo el mundo era saber si, al pasar a la otra vida, sería premiado con el cielo o castigado con el infierno. El mundo cristiano soñaba con rescatar Jerusalén y todos los lugares sagrados relacionados con la vida de Jesucristo que habían caído en poder del Islam. Así nacieron las Cruzadas, unas expediciones militares en las que miles de europeos se enrolaban para partir al Medio Oriente a tratar de arrebatar Jerusalén de manos de los moros. Ése era el ambiente en el que transcurre mi historia. De pronto, y casi al mismo tiempo, en distintos lugares de Europa, en Alemania, en Flandes, en Francia, en Saboya, en Italia, unos niños y niñas de tu edad decidieron imitar a los cruzados. Fue algo extraordinario. ¿Cómo se pusieron de acuerdo viviendo en países tan alejados unos de otros y hablando lenguas tan distintas? Nadie lo supo nunca y, por supuesto, se habló por todas partes de un milagro. Así era entonces. Todo lo inexplicable e incomprensible se atribuía a causas sobrenaturales. En este caso, no era para menos. En esos tiempos las comunicaciones eran lentas y difíciles. Las gentes vivían incomunicadas. Y, sin embargo, un buen día y casi al mismo tiempo, cien, doscientos, trescientos, miles de niños y niñas, obedeciendo un súbito impulso, decidieron abandonar a sus familias, huir de sus hogares y lanzarse a los campos para unirse también ellos a la reconquista de Jerusalén. A diferencia de los cruzados, que partían con escudos, caballos, lanzas, espadas, arcos, porras y toda clase de armas, estos niños querían realizar la hazaña de salvar la ciudad donde murió Cristo sólo con sus cantos, súplicas y oraciones. Todos iban vestidos con unas túnicas blancas en las que llevaban bordada una cruz. Tenían en sus manos, también, unas toscas cruces de madera

fabricadas por ellos mismos y unos bordones de pastores para abrirse paso en los difíciles senderos cubiertos de maleza y de alimañas. La Europa de entonces estaba llena de selvas, pobladas por animales salvajes, osos, leones, víboras y, además, infectadas por pandillas de bandoleros que desvalijaban a los viajeros. Nadie sabe cuántos de estos niños que querían ser cruzados murieron en esos bosques, destrozados por las fieras o víctimas de las enfermedades, del hambre y los bandidos.

—Lo siento mucho, señor, ahí llega mi ómnibus —lo interrumpió Fonchito, afligido—. Qué lástima que no pueda seguir oyendo su historia.

—No te preocupes —lo tranquilizó el anciano—. Seguiremos mañana, aquí mismo y a la misma hora. Y, si aparece el barco de los niños, tal vez tengas la suerte de verlo. Procura hacer algo que te gane ese privilegio. Adiós, joven amigo.

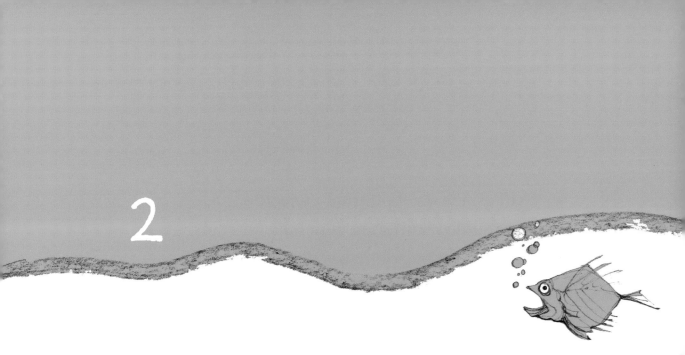

A la mañana siguiente, Fonchito
se levantó más temprano que
de costumbre, tomó deprisa el
desayuno que la empleada le
dejaba preparado en la cocina y
salió corriendo al parquecito.

Allí estaba ya el puntual viejecillo, esperándolo. A diferencia del día anterior, en el cielo despejado había síntomas de que saldría el sol.

—Ya veo que mi historia te ha interesado —lo saludó el anciano.

—Sí, sí, mucho —asintió Fonchito—. Ayer estuve

todo el tiempo pensando en esos niños medio perdidos en las selvas de Europa.

¿A dónde iban? ¿Cómo pensaban llegar a Jerusalén?

—Es otro de los grandes enigmas de esa historia —le explicó el anciano—. Sin necesidad de ponerse de acuerdo, esos niños y niñas se dirigieron, desde los cuatro puntos cardinales del Viejo Continente, hacia el mar. Sabíamos o teníamos la intuición de que la mejor manera de llegar a los Santos Lugares era tomando un barco que cruzara el Mediterráneo y nos desembarcara en las playas del Medio Oriente. Desde allí seguiríamos a pie. Así que hacia el mar nos dirigimos todos los grupos y caravanas de niños. Al puerto de Marsella. Hicimos un viaje que duró muchos días, y, para los que venían de lugares más alejados, muchas semanas. Pero no nos importaba el tiempo, la fatiga ni los peligros. La fe y la alegría de estar entregados a una hermosa aventura, rescatar los lugares más santos de la cristiandad de manos de los infieles, nos daban fuerzas. Además, en

todas las aldeas y pueblos en que nos deteníamos a descansar, los vecinos nos recibían con bandas de música y arcos florales, como a héroes. Nos daban de comer, nos echaban flores, nos regalaban víveres para el viaje, había fiestas, procesiones, los párrocos celebraban misas para que el Espíritu Santo nos protegiera en el camino. Todo eso nos levantaba el ánimo. Y, en cada uno de esos lugares, nuevos niños se juntaban a nuestra expedición. Sus padres los despedían con lágrimas en los ojos pero orgullosos de que sus hijos se sumaran a una empresa tan piadosa e idealista.

—Habla usted como si hubiera estado allí, señor, en medio de esos niños —dijo Fonchito, extrañado—. Como si hubiera vivido las cosas que me cuenta.

—En cierta forma se puede decir que estuve allí, que las viví —reconoció el anciano, misteriosamente—. Pero, qué importancia puede tener eso, mi joven amigo. Lo importante es que, después de incontables trajines y tropiezos, una mañana llegamos por fin al gran puerto de Marsella.

—Uy, qué pena, señor —dijo Fonchito—.
Ahí llega mi ómnibus y tengo que irme. Pero,
mañana continuará contándome su historia ¿no
es cierto?

—Claro que sí —dijo el anciano—. Mañana,
de todas maneras. Aquí mismo.

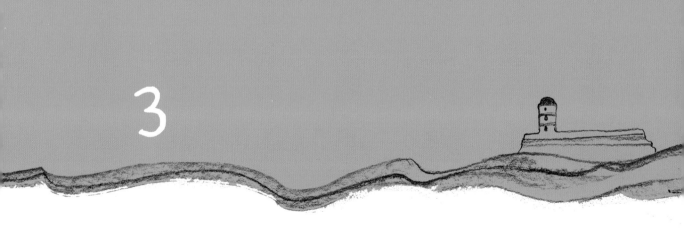

3

A la mañana siguiente, apenas
vio aparecer a Fonchito y lo tuvo
sentado a su lado en el banquito
del parquecillo, adivinando su
impaciencia, el anciano, luego
de darle la bienvenida, prosiguió
su relato:

—Nuestra llegada a Marsella
fue una verdadera invasión.

Los marselleses abrían de
par en par las ventanas de sus
casas, se subían a los techos o
salían a las veredas para ver a
esos millares de niños que, de
pronto, y viniendo de todas
las direcciones, ocupábamos
su ciudad y pedíamos que nos
dieran barcos que nos llevaran
a los Santos Lugares. No sabían
qué hacer con nosotros. Algunas
personas de buen corazón se
compadecían y nos ofrecían
hospitalidad, haciéndonos
un hueco en sus establos,
despensas o patios, para que allí
durmiéramos. Y nos ofrecían

de beber y de comer. Pero, otras, asustadas con los problemas que podría traer a ese gran puerto una invasión de miles de niños que acampábamos en sus calles —hacinamiento, suciedad, incidentes con los vecinos— pedían a las autoridades que nos echaran encima a los alguaciles y guardias para que nos expulsaran de la ciudad. Sin embargo, como se había corrido la voz por todas partes de que esa movilización de niños tenía un origen milagroso, que obedecíamos un mandato divino, las autoridades religiosas, empezando por el obispo de Marsella, ordenaron a la gente que nos brindara protección y nos ayudara a conseguir los barcos que nos llevaran a la tierra donde nació Jesús. Y así se hizo. Nos permitieron instalarnos en un gran descampado en las afueras de la ciudad. Levantamos un campamento con viviendas hechas de pedazos de telas, ramas y latas. Comíamos gracias a la caridad pública. Se hicieron colectas a las puertas de las iglesias para pagar el alquiler de los barcos que hacían falta para el cruce del Mediterráneo. Uno de los principales armadores de Marsella, un hombre muy devoto llamado Jean de Brieu, que

había hecho la promesa de peregrinar a Jerusalén
si Dios le salvaba la vida a su esposa, que padecía
una grave enfermedad, anunció un día que donaría
uno de los barcos de su propiedad para la cruzada
de los niños. Sorteamos y, entre toda esa multitud
de chiquillos y chiquillas, cien fuimos los elegidos.
Nos tocó ser los primeros en embarcarnos y zarpar,
en un amanecer frío y con lluvia, rumbo al Medio
Oriente. Fue una escena inolvidable. Toda la ciudad
se había congregado en el puerto para despedirnos.
Las campanas de todas las iglesias de Marsella
repicaban, había coros, músicos, incienso, miles
de manos y pañuelos nos hacían adiós. Nuestros
compañeros estaban en primera fila, arrodillados,
cantando y rezando por los que partíamos. El
obispo de Marsella en persona, al pie de la pasarela
del barco, nos dio su bendición.

—Pero, entonces, usted estaba allí, entre los
niños que partieron en ese barco —lo interrumpió
Fonchito, maravillado, con los ojos como platos—.
¿Cómo puede ser eso, señor? Si fuera así, usted sería
una persona viejísima, tendría cientos de años de
edad. Y eso no es posible, nadie vive tanto tiempo.

—No es posible en términos racionales, claro que no —le sonrió el anciano, con esa sonrisa bondadosa y la calma que nunca lo abandonaba—. Pero, en este mundo hay muchas cosas que escapan al control de la razón. Cosas extrañas, sorprendentes, increíbles, fantásticas. La vida también está llena de ellas y, justamente, ellas evitan que nuestra existencia sea monótona, una rutina previsible. Son ellas las que convierten la vida en una impredecible aventura. Mi historia es una de ésas, mi joven amigo.

—Perdone, señor, pero no me ha respondido usted la pregunta —insistió Fonchito, desconcertado—. ¿Estaba usted allí? ¿Era usted uno de los niños que se embarcaron en ese primer barco a Jerusalén?

—Y eso qué importa ahora —exclamó de nuevo el anciano, encogiendo los hombros—. Yo no soy nada, nadie, un pobre viejecillo medio extraviado en esta época para mí incomprensible. Lo importante es la historia de esos niños santos e inocentes que cruzaron media Europa y se lanzaron a altamar en un velero creyendo que con sus rezos y súplicas podían enfrentarse y hacer retroceder a los terribles guerreros del Islam.

—Es que, es que… —vaciló Fonchito—, perdone que le insista tanto, pero, es que si usted estaba ahí, señor, en ese barco, usted sería ahora un fantasma, ¿no es cierto?

El anciano se echó a reír, divertido, con una risita fresca y alegre, mirando a Fonchito con cariño.

—Yo creo que soy una persona de carne y hueso, como tú —dijo, sin dejar de reírse. Y le extendió la mano—. Tócame, para que veas. ¿Te das cuenta? No soy ningún aparecido. Existo y estoy aquí, igual que tú.

Pero en eso apareció el ómnibus del colegio y Fonchito tuvo que despedirse y partir a la carrera.

4

—Fuimos los primeros en alejarnos de Marsella, rumbo a lo desconocido —continuó el anciano su relato a la mañana siguiente—, pero, luego, supimos que otros barcos zarparon también de Marsella, con muchos niños y niñas a bordo, gracias a los donativos y a la generosidad de algunos marselleses de fortuna.

Pero, y te repito que ésta es una historia muy triste, mi joven amigo, ninguno de esos barcos llegó a su destino. Uno de ellos, pequeño y ya gastado por los años, que había viajado por todos los lugares conocidos de la época, naufragó en el curso de una terrible tormenta, cerca de la isla de Córcega. Todos los niños que iban a bordo perecieron ahogados. Los cuerpecitos varados por el mar fueron enterrados en lo alto de un promontorio que mira hacia ese Oriente al que esos pobres compañeros nuestros nunca llegaron. Todavía existe el monumento que los corsos erigieron a su memoria. Si alguna vez vas a Córcega cuando seas grande, pasa por allí y deposita unas flores en homenaje a esos desdichados.

—¿Y los de los otros barcos? —preguntó Fonchito—. ¿Tampoco ellos llegaron a Jerusalén?

—El mar Mediterráneo era en ese tiempo el paraíso de los piratas —explicó el anciano—. Los había de todas las nacionalidades y creencias. Griegos, turcos, egipcios, italianos, franceses, argelinos, mallorquines, portugueses. Tenían banderas negras con tibias y calaveras que

aterraban a los barcos mercantes cuando las
divisaban flameando en los mástiles de una nave
que encontraban en su trayectoria. Su tripulación
se componía de forajidos, prófugos, ladrones
y asesinos que habían huido de sus países para
escapar de la cárcel o la horca. Eran gentes feroces,

descastadas, sin dios y sin patria, de una crueldad ilimitada. Sólo tenían como norte de sus vidas el botín. Se robaban todo lo que había en los barcos que asaltaban y se llevaban a hombres y mujeres para venderlos como esclavos en los mercados de El Cairo y Estambul. Por lo menos uno de los barcos que zarpó de Marsella con los niños cruzados fue capturado por los piratas, desmantelado y quemado. Todos los niños que no murieron en el asalto fueron luego vendidos como esclavos en Egipto. De manera que terminaron el resto de sus vidas, repartidos por todo el Oriente, como siervos de grandes comerciantes, o castrados y convertidos en eunucos, cuidando los harenes de los grandes jeques y califas turcos y árabes. Muchos años más tarde, uno de esos niños, que estuvo de esclavo en Persia y consiguió comprar su libertad, regresó a Europa. Fue él quien contó la triste historia de sus compañeros.

—¿Y los otros niños? —preguntó Fonchito—. Los de los otros barcos.

—Bueno, de ninguno de esos barcos se volvió a saber nada. Se presume que naufragaron

también, en alguna de las tormentas que sacuden el Mediterráneo de tanto en tanto, o que fueron asaltados por los piratas y que éstos, para borrar las huellas de su fechoría, mataron a los sobrevivientes y arrojaron sus cadáveres al mar, para que se los comieran los monstruos marinos. O, acaso, los vendieron también en los mercados de esclavos del Oriente y ninguno de ellos pudo liberarse, volver a Europa y contar su historia.

—¿Y ese primer barco, en el que iba usted, señor? —preguntó Fonchito, algo confuso—. Porque, usted fue uno de los niños que salió sorteado para viajar en él, ¿no es verdad? Eso es lo que yo entendí al menos. ¿O estoy equivocado?

—Era y no era yo —dijo el anciano, y Fonchito tuvo la sensación de que en su voz había algo nuevo, un acento de melancolía mezclada con tristeza—. Todos los tripulantes de esa nave éramos unos niños de muy pocos años. Doce,

catorce, quince los más viejos. ¿Cómo podía ser yo
uno de ellos? Yo soy una especie de Matusalén, mi
joven amigo. ¿Sabes quién era Matusalén?

—Un señor de la Biblia —dijo Fonchito—. Un
señor viejísimo.

—Eso mismo —sonrió de nuevo el anciano,
como si hubiera superado ya ese ramalazo de
nostalgia que de pronto lo embargó al recordar
el primer barco de niños cruzados que partió de
Marsella—. Veo que estás bien empapado de la
historia sagrada.

—Por lo menos cuénteme qué pasó con ese
primer barco —dijo Fonchito—. Supongo que
le iría mejor que a los otros. Que no naufragó ni
lo capturaron los piratas. Porque, si no, usted no
estaría aquí.

—Tendré que contártelo mañana, Fonchito
—le dijo el anciano—. Ahí llega el ómnibus de tu
colegio. Que estudies mucho y pases un bonito día.

5

—Es una historia bastante
triste, ya te lo advertí ayer
—le dijo el anciano a Fonchito
al día siguiente, al retomar
su relación. Y, en efecto, el
chiquillo notó que la voz del
anciano, a diferencia de la de
los días anteriores, estaba ahora
impregnada de dolor—. Zarpamos
de Marsella con el entusiasmo
que te puedes imaginar.

El armador y dueño del barco, Jean de Brieu,
se empeñó en acompañarnos. Y llevó consigo
una tripulación de siete marineros, con el
argumento de que nosotros no teníamos ninguna
experiencia y no estábamos en condiciones
de navegar por nuestra cuenta. Los primeros
días todo transcurrió muy bien. Había viento
favorable y el barco cortaba suavemente las
aguas tranquilas del Mediterráneo. Cuidábamos
las provisiones y el agua, bebiendo y comiendo
con mucha sobriedad. Nos pasábamos el día
rezando y el señor De Brieu, que era, como
te dije, muy devoto y andaba siempre de
luto, se mostraba tan frugal como nosotros y
nos acompañaba en todas las oraciones. De
pronto, al tercer o cuarto día, estalló un gran
escándalo. Una pelea entre los siete hombres
de la tripulación. Al principio, no entendíamos
lo que ocurría. Jean de Brieu trataba de calmar
a los marineros, pero no lo conseguía. Hechos
unos energúmenos, éstos gritaban, amenazaban,
poseídos de furia y de pánico a la vez. Por fin,
fuimos averiguando lo que ocurría. Habían

descubierto que uno de ellos, uno de los más jóvenes, el que se trepaba al palo mayor para hacer de vigía y cuyo nombre o apodo era Petit Pierre, tenía la cabeza llena de unas llagas donde se le caía el pelo. Los marineros se pusieron a gritar que era lepra, la enfermedad maldita. Que, por lo tanto, Petit Pierre era un ser inmundo y había que deshacerse de él pues iba a contagiar la plaga al resto del barco. Lo habían amarrado con unas sogas y el pobre vigía lloraba e imploraba que lo soltaran porque imaginaba la suerte que podía correr.

En esa época, la lepra no era sólo una enfermedad

que destrozaba las caras y los cuerpos de las personas y las convertía en unos monstruos que despertaban miedo y asco a su alrededor. Era considerada una maldición divina. Una plaga condenada por la Biblia, pues, en el Levítico, Jehová da instrucciones a Moisés para detectar los síntomas de esa diabólica enfermedad. Una vez comprobada en una persona, ésta era declarada inmunda. Por lo tanto debía ser apartada del resto de la comunidad, arrojada de la ciudad a ambular por los caminos, y, a veces, algo todavía peor: emparedada en una casa sin alimentos hasta que se muriera de hambre. En casos extremos, el leproso era quemado vivo por una muchedumbre

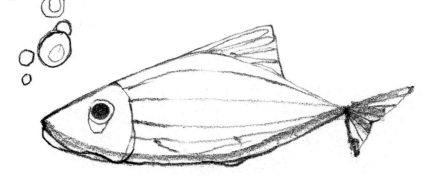

aterrada de que
fuera a contaminar
a los demás con sus
llagas. Los leprosos
provocaban espanto,
odio, la gente los creía
poseídos por el Maligno
y se encarnizaba con
ellos por el terror que le inspiraban. En
los caminos, por eso, a menudo los viajeros se
encontraban con bandas de leprosos expulsados
de los pueblos. El espectáculo de esos hombres
y mujeres sin narices, sin orejas, con muñones
en vez de manos o pies les producía tanto pavor
que les echaban dinero, comida y hasta joyas
y vestidos para que se alejaran. ¡Imagínate,
pues, lo que significó descubrir a un leproso en
nuestro barco! El señor Jean de Brieu trató de
convencer a los tripulantes de que el barco se
acercara al puerto o a la playa más cercana, para
abandonar allí al infeliz Petit Pierre. Pero aquellos
no entendían razones y adoptaron una actitud
amenazadora, de franca rebeldía. El armador

tuvo que resignarse a lo inevitable, para que no
lo lincharan. Los marineros arrojaron al mar al
pobre Petit Pierre, amarrado como estaba, para
que se ahogara y se lo comieran los tiburones.
Todavía ahora, después de tantos siglos, resuenan
en mis oídos los alaridos de ese pobre infeliz
cuando los aterrorizados marineros lo lanzaron
por la borda. Todos nosotros nos quedamos
consternados, con el ánimo por los suelos.
Y con la sombría sensación de que aquello que
acababa de ocurrir no sólo era una gran desgracia,
también una señal de mal agüero, y que, a partir
de ese episodio, se abriría un periodo de grandes
quebrantos y tragedias para todos nosotros.
No nos equivocábamos. Ah, pero, me callo,
ya ahí está el ómnibus de tu colegio.

—Hasta mañana, señor —dijo Fonchito—. Qué
pena lo que me ha contado. Seguro que esta noche
me soñaré con el pobre Petit Pierre.

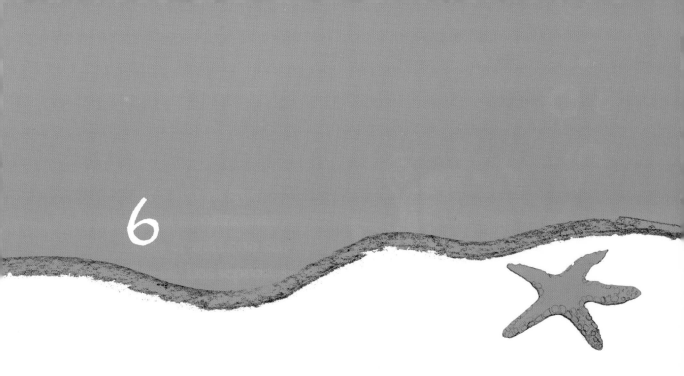

6

—Como te dije ayer, todo
comenzó a cambiar, de bien
para mal, desde el día en que
los seis marineros echaron al
agua a Petit Pierre —contó
el anciano al día siguiente
a Fonchito, retomando su
narración.

El hombre más antiguo de la tripulación se llamaba Revoir, pero sus compañeros le decían el Gancho, no sé por qué. Era musculoso todavía y muy fuerte, a pesar de sus arrugas y sus canas. Acostumbraba consultar los mapas y leía el tiempo futuro en el cielo con mucha seguridad. Él llevaba el timón la mayor parte del día. De pronto, Revoir comenzó a perder el juicio. A hablar solo. A decir cosas muy extrañas. Que el canto de las sirenas no lo dejaba dormir y que se pasaba las noches enteras desvelado, oyéndolas cantar.

—Pero si las sirenas no existen, Revoir —le decía el señor Jean de Brieu—. Te sueñas que las oyes, no las oyes de verdad, te lo aseguro.

—Claro que las oigo, como lo estoy oyendo a usted —le respondía el Gancho, golpeando la borda—. Toda la noche. Sus canciones son muy dulces, parecen venir de muy lejos; sus voces me hacen estremecer de la cabeza a los pies. Se diría que no son voces de este mundo, que vienen directamente del Paraíso, que quienes cantan no son mujeres sino ángeles, serafines o arcángeles.

Pero ellas insisten en que son sirenas, mujeres-
peces, que viven en unos palacios de ensueño
en el fondo marino. Me invitan a visitarlas. Me
dicen que allí gozaré como nunca nadie podría
imaginarlo, pues en esos palacios hay manjares
exquisitos, vinos deliciosos, músicos y danzarinas
que entretienen a los huéspedes mientras comen.
Que en ellos la vida es una fiesta permanente y que
un hombre puede cambiar cada noche de pareja.
Y cada mujer es más bella, siempre más bella y
cariñosa que la que uno tuvo el día anterior.

—Ven, acércate a la borda, mira el mar, Revoir
—le decía el señor Jean de Brieu, preocupado—.
¿Crees que es posible que debajo de esa superficie
líquida haya palacios y sirenas? Sólo hay agua
fría, lianas, plantas marinas y peces que se comen
unos a otros. Olvídate de esas alucinaciones.
Concéntrate en el barco que, por tus distracciones,
nos estamos apartando del rumbo todo el tiempo.

—Pero era en vano. El Gancho ya no sólo
escuchaba de noche el canto de las sirenas.
También las oía en pleno día. Quedaba de pronto
inmovilizado, en trance, como en ese éxtasis en

el que caen a veces las personas santas a las que
se les aparece el Señor o la Virgen. Entonces,
dejaba lo que estaba haciendo, incluso el timón
del barco, y se ponía a mirar el mar con los ojos
extraviados, enloquecidos, como si de veras
estuviera contemplando a esas sirenas y oyendo
sus melodías. Sus compañeros se asustaban al
verlo así, se apartaban de él, se miraban unos a
otros, confusos, sin saber qué hacer. El señor Jean
de Brieu trataba de hablarle, de sacarlo de ese
estado, pero era imposible. No lo escuchaba, no
le respondía, seguía con esa mirada de visionario,
de ser que descubre cosas vedadas a los otros
mortales, sin moverse del sitio y como si todo
lo demás, el barco, los marineros, nosotros,
hubiésemos desaparecido. Nos poníamos muy
inquietos, asustados, nos preguntábamos qué iba a
pasar. El señor De Brieu, cuando el Gancho volvía
de sus visiones, trataba de hacerlo entrar en razón,
pero era en vano. Le decía que seguramente le
habían contado de niño la historia de Ulises,
un héroe antiguo, que, después de participar en la
Guerra de Troya, surcando este mismo mar

fue tentado por unas
sirenas y que, para no
sucumbir a esa tentación
que hubiera acabado con
su vida, se hizo amarrar
por sus marineros a uno
de los palos de su nave. Y
que ahora, en su fantasía,
Revoir estaba reviviendo
la historia de Ulises.

—No, no —le respondía
el Gancho—. A mí nadie
me contó nunca esa historia.
Lo que yo oigo no es una
fantasía. Además, ahora ya
no sólo las oigo sino también
las veo. En las noches. Cuando
todos están durmiendo. Oigo
sus cantos, despacito me levanto
de mi camastro y me acerco a la
borda y allí están ellas. Bellísimas,
iluminadas por una diadema de
estrellas que brillan tanto como

sus ojos, sonriéndome desde el agua, invitándome a acompañarlas, a bajar con ellas a sus palacios llenos de maravillas.

—Así estuvimos muchos días, pendientes de Revoir y sus pesadillas o visiones que ahora lo asaltaban todo el día. Hasta que un amanecer, el señor Jean de Brieu nos mostró una carta, escrita en toscas letras sobre un papel pergamino por el Gancho. Se despedía de él. Le decía que había decidido aceptar la invitación de las sirenas. Que ellas le habían asegurado que nada le pasaría. Que, acompañado por ellas, podría bajar indemne a esos palacios de los abismos marinos sin ahogarse, a llevar esa vida feliz que nunca había conocido antes. Y que, además, duraría eternamente, porque en ese mundo de ensueño del fondo de las aguas, no había tiempo. Los seres y las cosas no envejecían, existían para siempre. Nunca más volvimos a ver a Revoir, el Gancho. Jean de Brieu nos convenció de que, presa de la locura que lo había poseído, se había arrojado al mar y había muerto ahogado. Pero algunos de los cinco tripulantes restantes hablaban a veces entre ellos, en voz baja, preguntándose: «¿Y si hubiera sido cierto? ¿Si de veras hubiera visto y oído a las sirenas? ¿Y si el Gancho estuviera ahora en uno de esos palacios del agua llevando esa vida de felicidad y pura holganza?». ¿Qué les ocurría a esos pobres hombres? ¿Se estaban volviendo locos también los compañeros de Revoir? Ah, Fonchito, pero veo que tenemos que regresar del mundo fantástico de las sirenas al de la modesta realidad. Porque ahí llega tu ómnibus. Hasta mañana, pues.

7

Cuando, al día siguiente,
el anciano retomó su historia,
no era la misma persona de los
días anteriores. Había perdido
el entusiasmo y esa tranquila
actitud con que hasta entonces
refería su relato a Fonchito.

Ahora, éste lo notaba triste, apagado, como sufriendo el agobio de unos recuerdos que le amargaban el espíritu.

—Pero, ¿qué ha pasado, señor? —se animó a preguntarle—. ¿Por qué se ha puesto usted tan apenado? Si hasta parece que se fuera a poner a llorar.

—No, a llorar no, Fonchito, porque todas las lágrimas que tenía ya las agoté recordando aquellos días tan terribles que siguieron a la desaparición de Revoir, el Gancho. Por lo pronto, nos perdimos. Sólo él tenía la experiencia suficiente para dominar la aguja de marear, la única brújula con la que contaban entonces los barcos, y para consultar el cielo y las estrellas, leer los mapas, orientarse y mantener la nave en la buena dirección. Poco después de desaparecer Revoir, a la primera tormenta que enfrentamos, el señor De Brieu y los marineros empezaron a discutir, consultando los mapas y la aguja de marear, sin poder ponerse de acuerdo sobre el rumbo que debíamos tomar. A partir de entonces, lo que había sido una navegación tranquila, apacible, se volvió un infierno de gritos y discusiones entre el armador y los marineros, y entre éstos últimos, porque nadie estaba seguro de si estábamos en la buena ruta, o dando vueltas, totalmente apartados de la trayectoria debida. Las cosas empeoraron porque el mal tiempo comenzó a acosarnos, con fuertes lluvias, vientos arremolinados que nos obligaban a bajar las velas, o nieblas tan espesas que apenas podíamos vernos las caras a bordo. El susto reflejado en los semblantes de los cinco marineros, y en el propio Jean de Brieu, nos contagió. Si estábamos perdidos, qué ocurriría con todos nosotros. Un día, uno de los marineros aseguró que el barco, arrastrado por las mareas y los vientos enfurecidos había salido del mar Mediterráneo, cruzado las

Columnas de Hércules, como se llamaba entonces al estrecho de Gibraltar, y entrado en el Atlántico. Faltaban muchos siglos todavía para que los navegantes ingleses, españoles y portugueses se aventuraran a explorar ese enorme océano al que, entonces, creíamos rodeado por bosques de llamas y abismos infernales, poblado por monstruos gigantescos que podían hundir cualquier nave de un solo coletazo. Si la nave nuestra estaba extraviada allí, llevada y traída por las mareas y los vientos a su capricho, nuestra suerte estaba echada. ¿Cuánto tiempo más duraríamos? Las provisiones comenzaban a escasear. La comida no era tan indispensable porque, en los momentos de calma, se podía pescar, y los pescados saciaban nuestra hambre. Lo grave era la falta de agua. Pese a que estaba racionada, se agotó. Y, como estuvimos varios días sin lluvia, los marineros empezaron a padecer el suplicio de la sed. Una cosa muy extraña que nos ocurría, era que pasaban los días y nunca nos encontrábamos con alguna otra nave a la que pudiéramos pedir ayuda. Pensábamos que debía ser cierto, pues, que las corrientes y el mal tiempo nos habían sacado del Mediterráneo y lanzado al Atlántico, ese océano tan inmenso donde era mucho más difícil toparse con otro barco. Pero, de nuevo veo que tengo que interrumpir mi relato, pues ahí está ya tu ómnibus. Prepárate, Fonchito, te adelanto que mañana llegaremos a la ocurrencia más extraordinaria de mi historia.

—¡Pucha, con qué curiosidad me deja usted, señor! —se despidió el chiquillo—. Espero que a esos pobres niños no sigan ocurriéndoles más desgracias.

8

—No sé si llamarla desgracia o
qué —dijo, a la mañana siguiente
el anciano, prosiguiendo su
relato—. Porque también podría
llamarse milagro a lo que nos
ocurrió.

—Pero qué es lo que les pasó —lo apuró Fonchito—. Cuéntemelo de una vez, señor.

—Pasó que un día apareció por fin, allá en el horizonte, el barco que esperábamos —contó el anciano—. El que, creíamos esperanzados, nos auxiliaría con el agua que nos hacía tanta falta y nos daría algo de comer. Y, sobre todo, cuyo capitán nos indicaría la posición exacta en que estábamos y nos señalaría la ruta que debíamos seguir rumbo a Jerusalén. Te puedes figurar la alegría, la ilusión que despertó en todos nosotros el grito del vigía anunciando «¡Barco a la vista!», desde lo alto del palo mayor. En efecto, al poco rato lo vimos acercarse. Era un barco enorme y avanzaba veloz, con todo su velamen hinchado por el viento. Venía directamente hacia nosotros. ¡Qué escenas de felicidad vivimos en nuestro barco! Aplausos, acciones de gracias, abrazos, vítores. Nos considerábamos ya salvados gracias a ese fortuito encuentro. De pronto, como si, allá arriba, el Señor se hubiera compadecido de nosotros y hubiera pensado que ya nos había castigado bastante por el suplicio de Petit Pierre,

advertimos que
la nave que se
acercaba
había decidido
detenerse, como
esperándonos.
Bajó las velas,
disminuyó
la velocidad y
finalmente echó el
ancla, a poca distancia de
nosotros. Ahora ya podíamos ver las siluetas de sus
marineros, las banderas y pendones y el nombre
del barco pintado en la proa con letras azules: *El
Invencible*. Era una nave de bandera inglesa. Nos
acercamos a ella muy despacio, saludando a su
tripulación, agitando manos, pañuelos, trapos,
banderas, hasta llegar a colocarnos prácticamente
junto a ella. Era una nave de guerra, con cañones.
Veíamos los uniformes de los oficiales, la cara del
que debía de ser el capitán del barco, allá en la
torre de mando, un señor ya de edad, vestido con
un uniforme vistoso y elegante, con entorchados y

un gran sombrero de pluma. Avistaba el mar con un largo catalejo. Pero, entonces, de pronto, una sensación de espanto nos sobrecogió a todos los niños y a los cinco marineros, así como al señor Jean de Brieu.

El anciano calló y cerró los ojos, como si, incluso ahora, le resultara incomprensible entender lo que sucedió en aquel momento.

—¿Pero qué es lo que pasó, señor, con ese barco? —se impacientó Fonchito.

—Sucedió que nosotros los veíamos a ellos, pero ellos no nos veían a nosotros, —murmuró el anciano—. Pese a que estábamos a muy pocos metros de distancia, pese a que nuestros dos barcos se tocaban. Los saludábamos, gritábamos, movíamos las manos, pero ellos seguían sus trabajos, arrastrando las cuerdas, limpiando las velas, engrasando los cañones, achicando el agua de cubierta con baldes. ¡Miraban en nuestra dirección pero sin vernos! Porque no daban ninguna señal de habernos visto, ni de habernos oído. Observaban su alrededor como si no estuviéramos allí, como si fuéramos inexistentes.

—Es inútil —dijo, por fin, Jean de Brieu, desde el puente de mando, con voz de ultratumba—. Es por gusto que griten, que se agiten. ¿No se dan cuenta acaso? No nos ven, no nos oyen. Para ellos, no estamos aquí; se creen solos en medio del océano. ¡No existimos! ¡Amigos, en algún momento de nuestra travesía hemos dejado de existir!

Un silencio sepulcral se hizo en nuestra nave. Jean de Brieu había dicho en pocas palabras lo que todos nosotros habíamos empezado a sospechar, sin que ninguno se atreviera a decirlo hasta entonces. No nos oían ni nos veían pese a estar junto a nosotros, porque algo extraordinario, algo increíble había ocurrido en algún momento de nuestro viaje: ya no éramos de este mundo. Sin darnos cuenta habíamos viajado a un mundo distinto del real, un mundo insólito donde ya no podíamos ser vistos por nadie más. Sí, Fonchito, ya sé lo que estás pensando. Puedes decirlo, si quieres. ¡Nos habíamos convertido en fantasmas, en espíritus! Pero, ahí veo venir el ómnibus de tu colegio. Él sí que no tiene nada de fantasma, es un vehículo muy real. Hasta mañana, pues. Claro que estaré aquí, esperándote. Tal vez yo sea un fantasma, pero, eso sí, soy un fantasma siempre muy puntual. Adiós, Fonchito.

9

—No creas que, con ese
descubrimiento, saber que
nos habíamos vuelto invisibles
para los otros, terminaron
nuestros problemas —continuó
el anciano su historia a la
mañana siguiente—. Pronto
descubrimos algo más.

Y fue, también, el señor Jean de Brieu el primero en advertirlo y anunciarlo a todos desde el puente de mando de la nave. Ya habían pasado varios días desde que *El Invencible*, el barco de guerra inglés, levantó el ancla y partió, llevándose nuestras esperanzas de ser socorridos. Ahora sabíamos que nadie, por lo menos nadie de este mundo, podría echarnos una mano, porque habíamos desaparecido para los mortales. ¿Quería decir eso que nos habíamos vuelto inmortales?

El señor Jean de Brieu nos abrió los ojos sobre la extraña condición que era ahora la nuestra. Ocurrió un atardecer tranquilo, poco antes del crepúsculo, cuando el sol, desde un horizonte remoto, hacía rebrillar como un espejo la superficie del océano. Estaba en el puente de mando, donde solía pasar la mayor parte de su tiempo, sumido en reflexiones profundas. De pronto, dando palmadas, nos llamó. Los tripulantes y los niños formamos un gran corro a sus pies y, envueltos en respetuoso silencio, lo escuchamos.

—No sé si ustedes han advertido una diferencia sutil que ha surgido entre nosotros desde que Dios decidió que dejáramos de ser visibles, desde que el Señor nos volvió transparentes, inconsistentes, o como sea que se llame esa rara naturaleza que es ahora la nuestra —nos dijo, transido de emoción—. Él ha querido, además, que surja otra diferencia entre nosotros. Quiero decir, entre los cinco marineros y yo mismo, de un lado, y, del otro, ustedes, los niños y las niñas que soñaban con llegar a Jerusalén para rescatar esa ciudad santa de manos de los moros. Nosotros ya no somos visibles pero seguimos teniendo las necesidades de los seres humanos de carne y hueso. Tenemos hambre, tenemos sed. Y por eso sufrimos cada día terriblemente por la falta de agua y, en nuestra desesperación, nos bebemos

hasta nuestros orines, o el agua de mar, aunque
luego nos vengan vómitos, descomposición
y dolores de estómago. Ustedes, los niños, en
cambio, ya no tienen sed, no beben ni una gota de
agua hace muchísimos días y ni siquiera lo notan.
No tienen hambre, tampoco. ¿Acaso los hemos
visto desesperarse por comer, como nosotros?
¿Acaso sienten una debilidad extrema que apenas
les permita moverse, como nos ocurre a nosotros
seis, cuando no hay pescados y debemos aplacar el
hambre que sentimos comiéndonos las suelas de
nuestros zapatos, pedazos de las telas de las bolsas
o las varillas de las canastas en que llevábamos
las provisiones? Nuestro Señor ha decidido
castigarnos con las torturas atroces del hambre y
la sed sólo a nosotros seis. Algo hemos hecho, de
alguna manera hemos pecado y ofendido a Dios y
ahora lo estamos pagando. Tal vez nuestro pecado
sea el asesinato de Petit Pierre, que yo no fui capaz
de impedir. Por eso, nos vamos deshaciendo poco
a poco. Quiere decir que nosotros tendremos
una segunda muerte, luego de esa muerte que
ha significado dejar de ser visibles. Todavía nos

queda un poco de energía; pero, muy pronto, el agotamiento nos dejará tendidos sobre cubierta, incapaces de levantar un brazo ni ponernos de pie. Yo creo que debemos hacer algo: intentar una última escapada. Me refiero a nosotros seis. Tratemos de abandonar este barco; porque es posible que la maldición divina, o diabólica, que ha caído sobre nosotros tal vez cese si nos alejamos de esta nave. Puede ser que no lleguemos a ninguna parte. Pero, tal vez, en una balsa, en un pequeño bote, las corrientes nos acerquen a alguna playa. En fin, yo voy a intentarlo. Pueden acompañarme los que quieran. Dejemos este barco a los niños elegidos, a los que el Señor ha decidido liberar de necesidades corporales, a los que ha convertido en espíritus puros. Nosotros no lo somos.

—Lo que Jean de Brieu decía era la pura verdad —afirmó el anciano—. Los niños cruzados no teníamos hambre ni sed; los marineros y el armador, en cambio, sí. Y era verdad que sufrían tanto por la falta de agua y de comida que se tragaban el agua de mar aunque les diera náuseas y, cuando no había pescados, se embutían los pedazos de las cuerdas o de las velas, aunque casi al instante debieran arrojarlos entre vómitos y convulsiones. La propuesta del señor De Brieu fue aceptada por los cinco marineros. Hicieron una balsa con tablones que arrancaron de la cubierta, los sujetaron con cuerdas, y se echaron a la mar con unos cuantos remos. Esperaban que Dios se compadeciera de ellos ahora que se alejaban del barco y les permitiera llegar a alguna playa o los recogiera alguna nave si es que, apartándose de nosotros y de nuestro barco, recobraban sus cuerpos. Los vimos partir con las primeras luces del día. Les hicimos adiós, les cantamos, pedimos a Nuestro Señor que se compadeciera de ellos, que les perdonara lo crueles que fueron con Petit Pierre y les diera otra oportunidad de salvarse. Nunca más los volvimos a ver ni supimos más de ellos. Tal vez se reintegraron a la vida común y corriente, tal vez murieron en sus camas, de viejos.

El anciano se quedó largo rato callado, como si estuviera viendo partir en su frágil balsa a los cinco marineros y al señor De Brieu, que se

iban encogiendo, empequeñeciendo
cada vez más, hasta convertirse
en un pequeño punto que los
primeros brillos de la mañana
desaparecieron allá a lo lejos.

—Y, entonces, ustedes se quedaron solos, en ese
barco fantasma —dijo Fonchito—. ¿Qué pasó
después, señor?

El anciano abrió los ojos y asintió.

—Nos volvimos unos diestros marineros
—dijo, sonriendo—. Comprendimos que ese
barco iba a ser nuestro hogar, nuestra patria,
quién sabe por cuánto tiempo. Acaso por toda

la eternidad. Que debíamos aprender todos sus secretos, para hacer frente a los vientos, a los temporales, a las lluvias, a todas las sorpresas que el mar nos podía deparar. Y así fue. Aprendimos a subir y a arriar las velas, a manipular los cabos, a soltar el ancla y a alzarla, a manejar el timón con buen y con mal tiempo, a capear las grandes olas para que no volcaran la nave, a reparar los desperfectos que el tiempo y los elementos iban infligiendo a nuestra pequeña comunidad. El señor Jean de Brieu lo había adivinado. No teníamos necesidades físicas y tampoco envejecíamos. Transcurrían los días, los meses, los años y seguíamos siendo los niños de doce, trece, catorce, quince años que, luego de recorrer a pie media Europa, zarpamos de Marsella ilusionados con la idea de llegar a Jerusalén, la tierra donde nació, vivió, sufrió y murió por nosotros Jesucristo. Nuestra ocupación era rezar, cantar, bailar y cuidar del barco al que llegamos a querer como se quiere a un ser viviente. Él tampoco envejecía, también había escapado a la rueda del tiempo. Un buen día, empezamos a ver,

a lo lejos, siluetas de montañas, de bosques, de islas, de ciudades. Nuestra vida cambió. A partir de entonces, ya no sólo estábamos rodeados de agua. Nuestra nave podía acercarse a las playas y, como nadie nos veía, podíamos acodarnos a otros barcos, espiar lo que pasaba en el interior de ellos. Podíamos acercarnos mucho a los puertos para observar desde la borda a las gentes, las nuevas construcciones, los grandes cambios que experimentaban las ciudades, los campos, el mundo entero. Eso sí, nunca nos bajábamos del barco. Nadie nos había dicho que no debíamos hacerlo. Pero teníamos el presentimiento de que no debíamos hacerlo, pues, abandonar el barco, aunque fuera sólo por un momento, sería como romper el encantamiento que vivíamos, entrar de nuevo en el tiempo y, acaso, envejecer en un instante y morir en el acto. ¿Cuánto tiempo habría ya pasado desde que salimos de Marsella? Nadie llevaba la cuenta, pero todos sospechábamos que muchísimos años. Lo sabíamos porque veíamos los cambios formidables que experimentaba el mundo. Los podíamos divisar desde ese mirador universal en que se convirtió nuestra nave. Desde allí vimos cómo desaparecían las velas y las naves se impulsaban con artefactos movidos por ruedas, por motores, vimos cómo las ciudades de los puertos crecían hacia arriba, con edificios que parecían querer, como la Torre de Babel de la Biblia, llegar al mismo cielo. Vimos aparecer la electricidad, los automóviles, los trenes. Vimos a los aeroplanos que comenzaban a surcar los cielos a velocidades inverosímiles, y vimos también cómo las guerras modernas, a diferencia de las antiguas, en las que los hombres se enfrentaban con espadas y puñales, eran ahora descomunales matanzas operadas por bombas y explosivos lanzados desde grandes distancias y capaces de desaparecer a millares de seres humanos, a pueblos y ciudades, en una fracción de segundo. Todo eso lo veíamos desde nuestro barco y nadie nos veía a nosotros. Hasta que un día… Pero, ahí aparece tu ómnibus, Fonchito. Así que seguiremos mañana. Te anuncio que estamos llegando al fin de mi historia. Que tengas un buen día.

10

—¿De veras estamos llegando al final de su historia, señor? —le preguntó Fonchito al anciano a la mañana siguiente.

—Pues, sí, de veras —le respondió éste—. Pero, no te aflijas. La vida, y, sobre todo, los libros están llenos de historias maravillosas. Las puedes leer y, si están bien contadas, es exactamente lo mismo que si las vivieras.

—A mí me gusta mucho oírsela contar, señor —dijo Fonchito—. De todos modos, cuénteme el final. Y hágalo lo más largo posible, por favor.

—Haré lo que pueda —sonrió el anciano—. Hasta ahora, he hablado sobre todo de nosotros, los niños y las niñas. Pero, a partir de este momento, tendré que hablar mucho de mí mismo. ¿Sabes qué es lo que produjo el primer pecado en la historia del mundo, Fonchito? Quiero decir, según la Biblia. ¿Te acuerdas por qué se animó Eva a probar esa manzana que le ofreció la serpiente, en el Paraíso Terrenal?

—Creo que porque el diablo, disfrazado de serpiente, le dijo que si se comía esa manzana conocería todos los secretos del bien y del mal. ¿No fue así?

—Fue la curiosidad lo que la perdió a Eva, en efecto —dijo el anciano—. Eso es también lo que me ocurrió a mí. Quiero decir, allá, en el barco de

los niños. Llevábamos mucho tiempo navegando por todos los mares del mundo, observando todo lo que ocurría a nuestro alrededor sin que nadie nos viera a nosotros. Aunque, no, estoy diciendo algo que no es exacto. Porque, a veces, muy rara vez, al acercarnos a un puerto, a un pedazo de la costa, de pronto veíamos que alguien, allá en la tierra, al pasar nuestro barco, quedaba inmóvil, pasmado, con una expresión atónita, como si nos estuviera viendo. Ocurría muy rara vez, es cierto, pero algunas veces sucedía. Y, entonces, comprendimos que Nuestro Señor permitía que ciertas personas, poquísimas sin duda, por algunos méritos que habrían hecho, pudieran vernos, divisar ese barco extraño, de otras épocas, lleno de niños, y descubrir de este modo que en la vida real había también algo maravilloso e irreal.

—Todo esto lo entiendo, señor —dijo Fonchito—. Lo que no entiendo es por qué dijo usted eso de la curiosidad.

—Ocurre que un buen día, empecé a sentir curiosidad, Fonchito —explicó el anciano, muy despacio, cuidando las palabras para no decir alguna inexactitud—. Curiosidad por salir del barco y pisar la tierra firme. Por juntarme con la gente de allá, esas gentes que sólo veíamos a la distancia, desde el mar. Por oírlas hablar y hablar con ellas si era posible. Curiosidad por saber si, al dejar el barco, seguiría siendo invisible, o, como creía el señor Jean de Brieu, al dejar nuestra nave recobraría mi cuerpo. Esa curiosidad comenzó a comerme la vida, día y noche, a desasosegarme. Se fue convirtiendo en un deseo devorador, en una necesidad irresistible. No se lo conté nunca a ninguno de mis compañeros, por temor. Pero, de pronto, tomé la decisión. Me escaparía del barco, bajaría a tierra a ver qué me ocurría. Y así lo hice, Fonchito. Fue una noche, en un puerto muy lejano de aquí que se llama Recife, en el Nordeste del Brasil. Una noche tranquila, sin viento, de aguas quietas y cielo lleno de luceros. Mientras todos mis compañeros dormían, me deslicé al agua por uno de los cables y sentí que mi cuerpo se hundía en un agua tibia, que parecía recibirme con cariño. Nadé hasta la playa sin dificultad, pero llegué hasta esas arenas muy cansado.

Casi inmediatamente me quedé dormido. A la mañana siguiente, cuando me desperté, el barco de los niños ya no estaba allí. Había desaparecido. O, tal vez, yo ya no podía verlo. No lo sabía. Empecé a sentirme preocupado. Me levanté, comencé a caminar hacia las casas que se veían a lo lejos, y mi primera gran sorpresa fue que la primera persona que encontré, un pescador que se dirigía hacia el mar arrastrando una red, me dirigió la palabra. ¡Podía verme, pues! ¡Había recobrado mi cuerpo! ¡Era un ser humano de carne y hueso otra vez! Pero, aunque el hombre me veía, yo no podía comunicarme con él, porque no entendía su idioma, y él tampoco entendía el mío. ¿Sabes cuál era mi idioma, Fonchito? Era el francés medieval y él hablaba el portugués del Brasil nordestino.

—Pero usted habla muy bien el español, señor —dijo Fonchito.

—Sí, y hablo también varios idiomas más —dijo el anciano—. Ahora. Me tomó bastante tiempo aprenderlos. Porque, desde aquella mañana, en Recife, hasta ahora, han pasado muchos, muchísimos años. He vivido en muchas ciudades, en muchos países, aprendido muchos idiomas y practicado muchos oficios. Te cansarías si te contara todas las cosas que he hecho a lo largo de estos años y todos mis viajes por el mundo. He sido marinero, soldado, explorador, minero, obrero textil, dibujante, bailarín, chofer de taxi, conductor de trenes, domador de elefantes en un circo, maquinista en un transatlántico. Y mil cosas más. He dado varias veces la vuelta al mundo y vivido en decenas de países. Pero ¿sabes cuál es mi ocupación principal desde hace muchos años?

—No se me ocurre, señor.

—Pasarme muchas horas cada día mirando el mar, así como tú me descubriste haciéndolo desde la terraza de tu casa —dijo el anciano—. Para ver si vuelve a aparecer el barco de los niños y me permiten regresar a reunirme con mis compañeros.

—¿Y llegó a ver el barco de los niños alguna vez, señor?

—Pasaron muchísimos años antes de que volviera a verlo, Fonchito. La primera vez que

lo volví a ver fue en la isla
de Phuket, en Tailandia.
Yo trabajaba en un
hotel, atendiendo a los
huéspedes, limpiando
cuartos, echando una
mano a los jardineros.
En las noches, me
sentaba en la playa a
escudriñar el mar. Lo
hacía en todas partes, ya
te he dicho. Pero, aquella noche, en
Phuket, de pronto lo vi. Ahí estaba el barco, a
cierta distancia de la playa, iluminado, bellísimo.
Un sueño que se hacía realidad. Veía las siluetas de
mis compañeros moviéndose a bordo. Me puse de
pie, feliz y loco al mismo tiempo. El corazón se me
salía por la boca. Empecé a hacer señales, a gritar,
e iba a echarme al agua, a nadar hacia el barco,
cuando un compañero de trabajo, un tailandés, me
cogió y me retuvo, creyendo que había perdido
el juicio. «¿Qué haces? ¿Por qué gritas así? ¿Te
vas a bañar a esta hora?» Cuando logré zafarme

de él, el barco de los niños ya había desaparecido.
Desde entonces, lo he visto varias veces, en
distintas ciudades, en distintos continentes. He ido
envejeciendo, sin perder nunca la esperanza de que
mis compañeros me permitan volver a ocupar mi
puesto entre ellos. Pero, tal vez esté pagando ese
pecado de la curiosidad que me hizo abandonar el
barco de los niños por querer conocer el mundo
real. Ahora, que ya lo he conocido a fondo, sólo
sueño con volver a ese mundo de fantasía, de
irrealidad, de milagro, a esa maravilla de la que
cometí la insensatez de escapar. En fin, ya conoces
toda mi historia, Fonchito.

—O sea, que viene usted aquí todas las
mañanas, no sólo para ver si aparece el barco,
sino con la idea de volver a subir en él. Si lo hace,
¿se convertiría en niño otra vez?

—Eso no lo sé todavía —dijo el anciano—. Y, tal
vez, no lo sabré nunca. Pero, supongo que sí. Así
que ya lo sabes, Fonchito. Si una de estas mañanas
dejas de verme sentado en este parquecito, querrá
decir que ha aparecido el barco de los niños y que
he vuelto a trepar en él y unido otra vez mi suerte

a la de mis compañeros, los ingenuos que hace nueve siglos creímos que podríamos reconquistar Jerusalén. No sólo no la reconquistamos. Ni siquiera llegamos a ver esa ciudad donde murió Jesucristo. Porque Jerusalén no se ve desde el mar. Y, por eso, sólo pudimos imaginarla, soñarla, inventarla. Pero, ahí viene tu ómnibus. Adiós, Fonchito.

EPÍLOGO

A la mañana siguiente, al bajar
de su casa al parquecito,
a Fonchito casi se le para
el corazón: el anciano no estaba
allí, en el banco de siempre.
Lo embargó una gran tristeza.